Dominando a Susan Reunión con los Amos

Dominando a Susan Vol. 5

Erika Sanders

Dominando a Susan
Reunión con los Amos
(Dominación y Sumisión Erótica)

Erika Sanders
Serie
Dominando a Susan Vol. 5

Imagen portada: ©sytilin, 2025

Primera edición: 2025

Sinopsis

Susan, después de acabar la universidad se encamina hacia su primer trabajo, un empleo proporcionado por un amigo de la familia, Robert, que siempre ha tenido un especial deseo hacia la hija de su amigo.

Este deseo especial es conseguir que Susan esté bajo su dominación...

Reunión con los Amos (Dominación Erótica) es una novela de fuerte contenido erótico BDSM y, a su vez, una nueva novela perteneciente a la colección Dominación Erótica, una serie de novelas de alto contenido BDSM romántico y erótico.

También es la quinta parte de la nueva serie, Dominando a Susan, donde se relatan las aventuras de Susan, alter ego de la escritora, en su faceta de sumisión.

(Todos los personajes tienen 18 años o más)

Nota sobre la autora:

Erika Sanders es una conocida escritora a nivel internacional, traducida a más de veinte idiomas, que firma sus escritos más eróticos, alejados de su prosa habitual, con su nombre de soltera.

Índice:

DOMINANDO A SUSAN REUNIÓN CON LOS AMOS (DOMINACIÓN ERÓTICA) POR ERIKA SANDERS

REUNIÓN CON LOS AMOS

El personal de la cocina había llegado con la comida y estaban ocupados en la pequeña cocina preparando los últimos detalles del banquete.

Mientras, su Amo tomaba una silla de gran tamaño y le indicaba que se sentara a su lado señalando un lugar en el piso.

Ella hizo una mueca cuando tomó su lugar y escuchó mientras él le hablaba suavemente:

"Los hombres que vienen hoy son algunos de mis amigos más antiguos. Ellos también son Amos y traerán a sus esclavas con ellos".

Él la observó mientras ella asimilaba sus palabras y luego continuó:

"Les obedecerás como me obedecerías a mí. Pero no dejaré que te perjudique, pequeña Susy".

Ella se mordió el labio, las ronchas que decoraban su trasero y sus piernas todavía palpitaban con la evidencia de lo que sucedería si ella le decepcionaba.

Levantó la vista cuando él se calló, y mirándolo a los ojos, susurró:

"Sí, Amo".

Estaba a punto de preguntar algo más sobre sus invitados cuando un hombre que sostenía a una chica con una correa entró en la oficina.

Él sonrió cálidamente, extendió una mano agarrando la de Robert y la sacudió firmemente.

"¿Somos los primeros en llegar?"

"De hecho, Steve, así es. Me alegro de verte". Bajó la mirada y preguntó: "¿Y cómo estás hoy, Shaky?"

Susan se sorprendió cuando la chica respondió con un "Hiip", como el sonido de un perro pequeño y se retorció cuando él le dio unas palmaditas en la cabeza.

Susan la miró con más atención al darse cuenta de que llevaba un collar de cuero rojo con la palabra 'perra', escrita con diamantes, por delante.

Susan estaba admirando el traje de encaje que llevaba la esclava cuando escuchó su nombre y levantó la vista, sonrojándose, cuando el otro Amo la saludó.

"Mucho gusto señor", le salió con una voz bien chillona mientras se sonrojaba aún más profundamente, muy consciente de lo expuesta que se sentía.

Su atención volvió a la puerta cuando escuchó la fuerte risa de Alan Clarkson, quien entró con un hombre idéntico al hombre que acababa de saludarla.

Susan miró de uno a otro su cabeza girando mientras observaba a los dos amos gemelos.

Aturdida, tardó un momento en darse cuenta de que una esbelta chica seguía en silencio detrás del par de Amos que se reían.

El que había entrado con Alan era el Amo John, hermano gemelo de Steve, seguido por una chica esbelta, su esclava Samantha.

Por supuesto, también iba detrás Anne, que sonrió y le guiñó un ojo.

Los dos últimos miembros del grupo llegaron con sus chicas en cuestión de minutos.

Susan se sentó en silencio tratando de no llamar la atención mientras los hombres se saludaban entre ellos y a las chicas.

Ella inclinó la cabeza y sonrió cuando fue saludada, pues no confiaba en la voz chillona que había saludado al primer Amo

Por eso se mantuvo en silencio en su nerviosismo.

Todos se trasladaron a la sala de reuniones, a la que el talentoso personal de cocina le había dado el ambiente de un viejo comedor.

Susan estudió a los últimos invitados.

El Amo Barry era un hombre corpulento, vestido más informal que los otros Amos, ya que iba en jeans y una chaqueta que parecían extraños en contraste con los trajes finamente elaborados de los otros amos.

Le seguía Cinthia, una rubia alta y de constitución atlética cuyos músculos parecían ondularse con cada movimiento.

El último par era el del Amo James, un caballero mayor con ojos azules brillantes que era seguido por Amy, una chica gordita con una boca de pequeñita que la hacía parecer un ángel de cupido.

Todas las chicas se sentaron como ella al lado de las sillas de sus respectivos amos cuando los camareros entraron con vino y comida para el primer plato.

La mano de su Amo la alimentó con pequeños bocados de su plato y ella se deleitó con el sabor de la rica comida.

Observó a las otras chicas mientras los Amos hablaban de negocios y amigos mutuos.

Anne estaba inclinada con sus brazos alrededor de la pierna de su Amo, Shaky parecía acurrucarse sobre los pies del suyo, Amy había descansado su cabeza sobre el muslo de su Amo y Cinthia parecía casi sacudir su cola de caballo con pequeños movimientos de su cabeza.

Anne le llamó la atención y le guiñó un ojo.

"Necesitamos una campana de servicio aquí Robert, ¿dónde están esos camareros?" Se quejó el Amo James.

"Tal vez podríamos sacudir a Susan en su lugar" Alan se rió.

Los ojos de los Amos mayores se iluminaron ante la perspectiva y luego fruncieron el ceño.

"Una chica tan bajita que dudo que pueda hacer suficiente ruido".

Robert se rió afablemente.

¿Alguna vez dejas de quejarte, James?"

"Podría hacerlo si le das una sacudida a esa pequeña chica tuya".

Susan vio como su Amo se agachaba y tiraba de la cadena entre sus pezones y la sacudía haciendo sonar las campanas dulcemente.

"Supongo que tenías razón, James, no hace mucho ruido".

Después de decir esto, su mano arremetió con la velocidad del rayo golpeando su teta derecha haciendo que gritara más sorprendida que dolor.

"¿Fue eso mejor?"

"Eso fue apenas más que un chirrido".

James sonrió y sus ojos azules brillaron hacia ella.

Como si hubiera sido a una respuesta del llamado chirrido, aparecieron los camareros y retiraron los platos reemplazándolos con comida más suntuosa.

Los Amos volvieron a hablar de negocios mientras que una vez más Susan se dedicó a estudiar a las chicas.

Se preguntó si eligieron ser esclavas o si, como ella, quedaron atrapadas en esa situación.

Pero ¿ella estaba atrapada?

Al principio tal vez, pero ahora no estaba muy segura de eso.

Tal vez le estaba empezando a gustar más que nada.

Miró a su alrededor nuevamente al grupo y sacudió la cabeza.

Esto casi no parecía real.

La normalidad de sentarse y recibir pequeños bocados con la mano del plato de sus Amos como si esto se hiciera todos los días.

¿Tal vez había quedado tan atrapada en este juego que ya no consideraba su esclavitud como algo malo?

Sus pensamientos corrían por su mente mientras obedientemente abría y cerraba la boca para otro bocado.

Se preguntó si las afectaciones de las chicas eran parte de su propia personalidad o si habían sido moldeadas a la voluntad de sus amos.

Y se preguntó también cómo la debían de mirar estas chicas, con su constante sonrojo e ingenuidad,

¿Podrían decir que no era una verdadera esclava?

Perdida en sus propios pensamientos, no había estado escuchando las conversaciones de los Amos y se sorprendió cuando los otros Amos comenzaron a levantarse y salieron de la habitación dejando a las chicas solas.

Levantó la vista con curiosidad hacia su Amo cuando él también se levantó.

Él se agachó y le acarició el cabello suavemente.

"Regreso pronto pequeña".

Ella asintió levemente y los observó irse.

Tan pronto como la puerta se cerró, la gordita Amy se levantó y examinó la mesa antes de deslizarse en el asiento vacío de su Amo y levantar su copa de vino casi llena hasta sus labios diminutos.

Samantha puso los ojos en blanco.

"Eres una mocosa, Amy, es mejor que no dejes que te atrapen allí".

"Dale un respiro, Samantha, tú no eres la chica más antigua aquí". Shaky intervino: "Amy siempre es una mocosa que no cambiará, además, tenemos que divertirnos con la nueva chica". Ella lanzó una sonrisa con dientes en dirección a Susan. "Debes contarnos encantadora Susan, cómo atrapaste al esquivo Amo Robert".

Ella se había arrastrado más cerca de ella y se acostó boca abajo con las manos apoyando la barbilla mientras esperaba una respuesta.

¿Cómo podría decirles a estas chicas que fue atrapada?

Que no sabía nada sobre la esclavitud y que esto había comenzado como un juego para ella.

Los pensamientos de Susan se aceleraban y se sonrojó profundamente cuando las chicas se la quedaron miraron esperando una respuesta.

Samantha la rescató:

"No creo que Susan tuviera alguna idea de todo esto, cariño".

Susan sacudió la cabeza bajando los ojos.

Y Samantha continuó susurrando conspiradoramente a las demás:

"Nunca había sido una esclava antes de esta semana". Se volvió hacia Susan y le dirigió una sonrisa tranquilizadora, "no te preocupes cariño, estas chicas realmente no van a divertirse contigo. Dejamos eso a los Amos". Ella se rió.

"¡De ninguna manera! ¿Es eso cierto?" Shaky miró a Susan a la cara con ávida curiosidad.

Amy también se acercó, "Bueno, bueno, una dulce chica inocente, quien hubiera pensado que eso era lo que el Amo Robert estaba buscando, sorprende saber sus gustos".

Susan trató de evitar su propia sorpresa mientras hablaban de ella, pero podía sentir el calor del sonrojo llenando sus mejillas.

Amy continuó: "Tu Amo nunca ha tomado una esclava como suya antes. ¿Crees que te mantendrá?"

Susan levantó la vista con los ojos muy abiertos y chilló:

"¿Mantenerme?" ella sacudió la cabeza, "Pensé que iba a ser un juego divertido, pero ahora todo está confuso en mi mente. Con todos ustedes aquí, parece lo más normal del mundo, pero no sé realmente qué estoy haciendo la mayor parte del tiempo ".

"Oh, cállate cariño, todo está bien". Samantha dijo con un guiño: "Te he observado toda la semana y estás más increíble cada día que pasa".

Shaky sonrió. "¡Realmente eres una novata, no! Pues que sepas que, si te ha dejado conocer a todos nuestros Amos, es que creo que planea mantenerte cerca por un tiempo". Shaky lamió la mejilla de Susan haciéndola reír, "Y sería bueno el tener una nueva compañera de juegos, ¿o es que prefieres a Samantha?"

Amy bajó la vista de la mesa y frunció los labios:

"Hay muchas esclavas en el club que han estado sufriendo por llevar el collar del Amo Robert. Si decide quedarse contigo, deberíamos poder escuchar los gritos de lamento de todas ellas." Ella se rió aplaudiendo y tomando otro sorbo del vino de su Amo. "Me encantaría ver algunas de sus caras cuando se enteren".

"Supongo que lo que quieren decir las chicas es que parece que el Amo Robert planea mantenerte con él". Anne se detuvo al ver la ansiedad en los ojos de Susan. "Te gusta ser su esclava, ¿verdad?"

Susan se sorprendió por la pregunta.

¿Le gustaba?

Se mordió el labio mientras pensaba en ello.

Se había estado diciendo a sí misma que era una buena chica forzada a la esclavitud, pero ¿cómo podía decirle eso a estas chicas?

Quería desesperadamente preguntar cómo se convirtieron en esclavas.

¿Tuvieron la opción de decidir si estaban ... de acuerdo?"

Cinthia movió su cola de caballo, resopló ligeramente y ladeó la cabeza.

Amy se deslizó hacia el suelo señalando con el dedo a Cinthia y susurrando:

"¡No sé cómo hace eso!"

Un momento después, la puerta se abrió y llegaron los camareros para limpiar la mesa.

Cada una de las chicas permaneció en silencio en el lugar mientras los camareros trabajaban rápidamente para rellenar la mesa con frutas y quesos y las dejaron solas una vez más.

De nuevo, todas las demás chicas miraron a Susan aun esperando algún tipo de respuesta.

"No sé lo que estoy haciendo y mucho menos lo que quiero", dijo Susan con tristeza. "Esto es diferente a todo lo que he experimentado antes. ¡Todas ustedes parecen tan agradables, tan, umm. normales!" Cinthia resopló y levantó una ceja. "Bueno, ya sabes lo que quiero decir, para el mundo normal, el estereotipo de una esclava sexual es ...", buscó la palabra correcta.

Rindiéndose, ella se encogió de hombros.

"Oh, está bien muñeca", Anne salió en su defensa. "Conocemos el estereotipo, pero mantén los ojos y la mente abiertos a todo lo que ves y oyes y te darás cuenta de que no hay nada normal en todo este mundo. Piensa en el sexo como un helado, si a todos les gustara la vainilla, qué mundo tan aburrido sería".

Amy puso los ojos en blanco y luego asintió hacia Susan.

"El helado es una analogía vieja y pegajosa, pero funciona. A la gente le gustan diferentes cosas, comida, autos, ropa y sexo. Diría que debes decidir por ti misma, pero creo que esa decisión fue ya tomada por ti".

Susan se mordió el labio y estaba a punto de protestar que tenía un día más para decidir, pero su sistema de alerta temprana, Cinthia, los hizo volver a su lugar justo cuando los Amos regresaban a sus asientos y hablaban jovialmente sobre asuntos del club y conocidos mutuos.

Después de lo que parecieron horas, pero probablemente no fue más de una, Amy sofocó un bostezo sin mucho éxito y llamó la atención de la mesa.

El Amo James miró hacia abajo, "Bueno, eso es lo que obtienes por quedarte despierta más allá de tu hora de dormir, nena".

Miró hacia arriba haciendo un puchero y comenzó a protestar, "Pero ..."

Una mirada severa de su Amo congeló su lengua y se disculpó y se arrodilló poniéndose más recta.

James luego sonrió y revolvió sus rizos

"¿Por qué no le preguntas al Amo Robert si puedes jugar con las campanas de Susan para mantenerte ocupada por un poco más de tiempo y luego ya te llevaré a casa, pequeña?"

La travesura brillaba en sus ojos cuando se puso de pie y tan dulcemente se volvió hacia Robert diciéndole.

"Oh, por favor, Amo Robert, ¿puedo? Son unas campanitas tan bonitas y usted tiene una esclava tan hermosa".

"¿Cómo podría decirle que no a una chica tan dulce?" Robert sonrió.

"¡Gracias Amo Robert, gracias!" Amy burbujeó y desapareció debajo de la mesa para arrastrarse hacia Susan.

"Parece que ahora está despierta". Alan soltó una carcajada cuando Shaky dio un grito emocionado y se calmó con un tirón rápido de su correa.

"Parece que todas quieren jugar con la chica nueva". Barry murmuró.

Robert le sonrió.

"No puedo decir que las culpo, me gusta mucho jugar con ella".

Esto fue recibido con muchas risas y se encontró una vez más sonrojándose furiosamente bajo el escrutinio de la sala.

Amy estaba felizmente sentada a su lado jugando con los pezones de Susan y haciendo sonar las campanas en varios tempos mientras la conversación continuaba a su alrededor.

Sintió que su Amo jugaba con su cola de caballo y la miró a los ojos penetrantes.

Se le cortó la respiración y sus propios ojos se abrieron de par en par cuando sintió que la boca de Amy se apretaba alrededor de su pezón.

Mientras tocaba las campanas con sus dedos, su lengua la movía sobre su duro punto rosa.

Los ojos de su Amo brillaron y arrugaron las esquinas en una sonrisa que no se encontró solamente en su boca.

"Parece que mi chica está demasiado excitada como de costumbre, será mejor que la lleve a casa o estará demasiado nerviosa para dormir de nuevo. Vamos, chica, vamos a llevarte a casa". El Amo James se puso de pie mientras hablaba.

Amy echó la cabeza hacia atrás y soltó el pezón que había estado amamantando con un fuerte estallido.

Mirando hacia arriba, suavemente preguntó:

"¿Puedo besarla para despedirme?"

"Sí nena. Después dale las gracias al Amo Robert y nos iremos".

Amy colocó una mano en la mejilla y la otra en el cuello de Susan sosteniéndola en su lugar mientras presionaba sus labios contra los de ella.

Susan sintió la lengua insistente y separó mansamente sus labios cuando la gordita la besó suave pero profundamente explorando su boca con una lengua revoloteante dejando a Susan sin aliento al final del beso.

"Adiós, mi nueva amiga, espero que nos veamos muchas veces más. ¡Tienes que venir a una cita para jugar, tengo muchos juguetes geniales!" Ella gimoteó cuando su Amo se aclaró la garganta y se puso de pie, "Gracias por dejarme jugar con Susan Amo Robert".

"De nada, cariño, duerme bien. Tu viejo y gruñón Amo se ve demacrado".

Amy puso su cara inocente más seductora, "¿Crees eso?" Miró a su Amo de arriba abajo, "Quizás debería sacar mi kit de enfermeras cuando lleguemos a mi casa y darle una revisión".

"Oh, creo que eso es definitivamente lo que necesita, querida. Ahora vete y vayan a casa".

James gimió, "Gracias por eso mi amigo, tal vez la próxima vez pueda llenar la cabeza de Susan con tareas para mantenerte ocupado".

Amy sonrió y se volvió hacia la mesa, "Adiós Amos y chicas".

Luego tomó la mano de su Amo y procedió a sacarlo de la sala mientras él decía adiós.

Steve se rió diciendo en voz baja a John:

"Oh, creo que será otra noche memorable para esa mocosa descarada".

John se rió entre dientes.

"A menos que James decida azotarla en el largo viaje a casa".

"Cinthia y yo también tendríamos que estar en camino ya, quiero ir al club de monta y tenemos mucha preparación por hacer". Barry retumbó en su profundo tono barítono.

Robert se puso de pie y sonrió.

"Ah sí, por supuesto. Fue una suerte que estuvieras en la ciudad para nuestra reunión. Gracias por venir Barry".

Robert caminó hacia la puerta de la sala antes de volverse e indicar a los demás:

"¿Por qué no nos movemos a las sillas más cómodas a medida que se acerca la noche? La vista es bastante buena allí".

Los Amos se levantaron y los siguieron con sus chicas detrás.

Anne empujó a Susan para que se moviera.

Había estado observando a Cinthia y su andar con sus piernas largas cuando la referencia al club de monta finalmente hizo clic en su mente.

Miró más críticamente a las otras chicas que tratando de ver sus cualidades, por así decirlo.

Shaky era una adorable cachorrita y Anne era una chica exuberante, sexy, pero Samantha la confundía.

Susan se quedó perpleja al ver a la chica caminar, era tan graciosa como si fuera una bailarina.

Susan una vez más se sintió fuera de su lugar, no había nada especial en ella y tenía mucho que aprender.

Se dio cuenta de que nunca podría ser especial como estas chicas y que su Amo solo había estado jugando con ella.

Con esto se dio cuenta de que él no lo haría, no podría mantenerla como su esclava si no tenía una cualidad especial.

Sintió una oleada de alivio en ella ya que no tendría que decidir por sí misma.

Pero rápidamente la sensación fue seguida de una punzada de tristeza.

Se mordió el labio perdida en sus pensamientos, siguiendo a su Amo hasta su silla y sentándose a su lado.

Ella se sacudió de nuevo los pensamientos de la cabeza cuando su Amo envolvió su mano en su cola de caballo una vez más y lo miró.

"Ey John, haz que tu chica me sirva, hermano, esta esclava es inútil con cualquier cosa que no venga en una botella o lata".

Steve le dio un codazo a Shaky con el pie y ella le gruñó suavemente, lo que le hizo fruncir el ceño.

Con un movimiento de cabeza de su Amo, Samantha se movió hacia el Amo Steve con sus pies bailando.

Ella presionó su cuerpo contra él lamiendo su cuello hasta su oreja, mordisqueando suavemente y ronroneando:

"Amo, ¿qué quiere que le consiga esta esclava esta noche?"

"Un whisky escoces por favor, encantadora".

Samantha se desplegó de su cuerpo, girando sobre las puntas de sus pies y ella se deslizó como patinando hacia la cocina.

Limpió un vaso nuevo y se giró ligeramente para ofrecer a los observadores una vista del contorno sensual y curvo de su cuerpo mientras deslizaba el borde del vaso hacia arriba y sobre la hinchazón de sus senos, temblando y respirando profundamente.

Susan la miraba fascinada.

Anne llenó el vaso hasta la mitad antes de abrir la puerta del congelador dejando que el aire frío la envolviera.

Este aire hizo endurecer sus pezones, dejando ver claramente sus puntas puntiagudas bajo la fina prenda de seda que llevaba.

Agarró hielo y lo dejó caer en el vaso con un tintineo agudo.

Cerró la puerta del congelador con un movimiento de cadera y se echó hacia atrás, sacudiendo la cabeza y haciendo que su cabello cayera en una ola de seda oscura.

Ella se volvió hacia el Amo, sus pechos rozaron su brazo, y levantando el vaso a sus labios primero, para besar el borde, ronroneó:

"Su whisky, Amo Steve, esta esclava espera que su servicio le haya complacido".

"Servicio exquisito como siempre, y algo dulce. Ahora vuelve a tu Amo antes de que olvide a quién perteneces ".

Susan estaba asombrada de cómo Samantha hizo que servir una copa pareciera tan sensual.

Se encontró con ganas de poder hacer eso y levantó la vista para ver la reacción de su Amo solo para encontrarlo observándola atentamente.

Sus pensamientos saltaron en su cabeza.

¿Sería tan graciosa para complacerlo?

Quizás ella podría aprender a ser tan elegante y atractiva, y tal vez entonces el Amo querría quedarse con ella.

Ella se había convencido de que la enviaría lejos después de que terminara la semana.

Al verse atrapada en su pensamiento hacia adelante, volvió a preguntarse: "¿Era esta la vida que quería, que fuera poseída como esclava, que le negaba su libertad de elección al obedecer todas sus órdenes? ¿Podía aprender a ser especial de una manera que lo hiciera complacer?"

Su deseo de complacerlo una vez más ahogó todas sus otras preguntas y volvió a prestar atención a los Amos que continuaban bromeando mientras la tarde se acababa y el cielo se volvía negro como la tinta.

Los Amos gemelos rechazaron otras bebidas alegando que tenían un compromiso en el club esa noche, y Alan también declaró que estaba con ganas de visitar el club y ver lo que había en exhibición.

Robert se negó a unirse a ellos alegando que todavía tenía trabajo que atender.

Se puso de pie para caminar hasta la puerta de la reunión charlando amigablemente y Susan le siguió en silencio agradeciendo a Anne por todo su apoyo durante la larga tarde y noche.

"Ah cariño, no fue nada, todos hemos sido nuevos en algún momento en este estilo de vida".

Besando a Susan en la mejilla, Anne siguió a Alan al ascensor.

Cuando el elevador finalmente se cerró, Robert se giró y regresó a la oficina, seguro de que ella lo seguiría.

Cuando ella se arrodilló ante él, sentándose sobre sus talones, él se inclinó hacia delante para acariciar su mejilla.

"Estoy muy contento con tu actuación hoy, chica".

Se inclinó para besarla profundamente y ella sintió mariposas revoloteando en su barriga y una emoción recorrió su columna vertebral.

¡Estaba contento!

La alegría que sentía era palpable combinada con su beso.

No pensaba en nada más que en cómo sus palabras y su tacto la hacían sentir.

"Ahora que nos hemos asegurado de que tengas la noche libre, vamos a jugar un juego Susy. Sé cómo te gustan los juegos". Él le sonrió con una sonrisa de complicidad.

"Si señor." Ella susurró.

Había esperado que con la desaparición de los invitados se le permitiera ir a casa y relajarse.

Había sido un día muy largo y estaba muy confundida, con todos sus pensamientos enredados en su mente.

Él continuó:

"Cada uno podemos hacer tres preguntas sobre esta noche. Puedes preguntarme cualquier cosa que desees saber sobre nuestros invitados y la tarde. Te haré preguntas sobre lo que espero que hayas aprendido. Y como siempre, si no estoy satisfecho con tus respuestas habrá consecuencias ".

Se retorció sabiendo que no prestaba suficiente atención a los pequeños detalles y su mente divagaba a menudo,

Debería haber presentido que habría una prueba, él siempre la estaba probando de alguna manera.

Pero ella asintió y susurró:

"Sí, Amo".

"Bien entonces, ahora comencemos, dame el nombre de cada invitado y su esclava".

Respiró hondo, y con un temblor en su voz comenzó:

"Alan Clarkson y su esclava Anne, Steve Goodman y su esclava Shaky, John Goodman y su esclava Samantha, James Smith y su esclava Amy, y Barry Collins y su chica Cinthia ".

Se mordió el labio, sin haber sido presentada formalmente, había escuchado los nombres y unió los apellidos por su conocimiento práctico de las notas y correos electrónicos que les había enviado como su asistente.

"Muy impresionante", sonrió, "pero me temo que como esclava, que era tu único papel esta noche, cada uno debería ser tratado como Amo seguido de su primer nombre". palmeó su regazo cuando vio caer su labio inferior, "Sobre mi regazo, pequeña Susy".

Las ronchas dolorosas que la habían marcado como una puta al principio del día se habían desvanecido hacía mucho tiempo.

Pasó su mano sobre su trasero hacia arriba suavemente antes de golpearlo con fuerza y ver cómo la huella de la mano comenzaba a brillar rosa en su piel suave.

Ella se mordió el labio gimiendo mientras movía las piernas.

Mientras, la mano de él descendía cuatro veces más, una para cada uno de los Amos que habían asistido al almuerzo tardío.

Algunas lágrimas se habían derramado en sus mejillas, más por decepcionarlo que por los golpes, cuando él le tocó el culo y sugirió:

"Tu turno".

Ella pensó y preguntó:

"Cada una de las chicas era especial de una manera única, como Shaky era una chica cachorro, ¿están entrenadas para ser así por sus Amos o es así como son naturalmente?"

"Algunas esclavas tienen predilección por un determinado papel y serán tomadas por un Amo y entrenadas para sus deseos y necesidades". Hizo una pausa por un momento antes de continuar, "Algunos Amos prefieren un lienzo en blanco y tomarán a una chica y la moldearán a su gusto. Sin embargo, para cualquiera de las dos posibilidades, la chica debe tener una sumisión natural. Forzar la esclavitud a una chica no siempre resulta tan bien como a un Amo le gustaría ".

Su mente dio un vuelco.

¿No estaba siendo forzada?

Había comenzado como un juego.

Ella había aceptado ser suya y obedecerlo por completo durante una semana.

Admitió que no se había visto obligada a aceptarlo, pero en realidad no sabía lo que estaba aceptando.

La mano que acariciaba su trasero se detuvo cuando él comenzó a hablar y ella escuchó atentamente su siguiente pregunta.

"De las seis chicas aquí esta noche, cuéntame de cada una de ellas talentos especiales como las viste".

Sabía que solo había cinco chicas, pero no le gustaba corregirlo mientras estaba en una posición tan vulnerable, así que comenzó:

"Shaky es muy parecida a un cachorro. Creo que Cinthia es un pony. Amy es muy infantil. Anne es una tetona bomba rubia. Samantha me desconcertó, pero creo que es una bailarina y que se mueve con mucha gracia ".

Ella giró la cabeza para mirarlo con esperanza.

Golpeó su trasero con fuerza dos veces.

"Anne, como tú, mi pequeña Susy, está excitada por el dolor de una manera que la mayoría de las esclavas no disfruta. Samantha, por ejemplo, no se excita por el dolor o el castigo en absoluto. Su placer proviene de complacer a su Amo. Y brilla en la forma en que sirve, bailando. Su Amo sigue el estilo de vida de los orientales". Su mano se cernió de nuevo y levantó una ceja, "¿y la sexta?"

Se mordió el labio con el ceño fruncido mientras su mente corría tratando de averiguar a quién había extrañado en su respuesta.

Ella observó su sonrisa mientras su mano descendía de nuevo.

Ella gritó y soltó:

"No entiendo ya que solo había cinco chicas".

La golpeó de nuevo cuando respondió:

"Olvidaste a la esclava más importante, ¡La mía!" Su mano descendió nuevamente para marcar su punto. "Estabas allí, ¿no?"

Ella se volvió y gritó:

"Sí, Amo, pero no soy especial, no tengo ningún talento especial".

Ella bajó la cabeza dejando caer las lágrimas.

Su corazón dio un vuelco, ella realmente era tan inocente e ingenua, tan especial en su necesidad de complacer y servir que soportaba todas las demandas que él le había hecho y aceptaba sus castigos casi voluntariamente.

Ella era, con su rubor y dulce disposición, el epítome de una ingenua y ni siquiera se daba cuenta.

Su dulce princesita en público y su puta amante del dolor en privado cuando él lo deseaba.

"¿No te he dicho en toda la semana que eres especial? ¿Qué es especial mi deseo por ti y la necesidad de ser dueño de ti? Habiendo conocido a algunos de mis amigos, ¿crees que les presentaría a una esclava que no era especial?" Casi rugió el último, haciéndola temblar y su mente tambaleándose en confusión.

Susan gimió.

"Sí Amo, quiero decir no Amo, Oh ..." gritó, "No sé a qué me refiero".

Su mano continuó descendiendo sobre su culo ahora rojo haciéndola gemir más, el calor recorriendo su cuerpo mientras la azotaba le hizo frotar su barriga sobre su regazo al sentir su dureza crecer y su coño restregarse en su muslo.

Ella cerró los ojos jadeando y gimiendo ruidosamente.

El calor, el dolor y la sensación de él enviaron espasmos a través de su cuerpo.

Justo cuando estaba a punto de correrse, él dejó de colocar su mano pesadamente en la parte baja de su espalda sosteniéndola en su lugar para que no pudiera moverse.

"Y tu siguiente pregunta es ..."

No podía pensar con claridad, su necesidad de correrse era tan urgente que su cuerpo temblaba y gimió.

"¿Qué es lo que quieres en este momento y necesitas pedir a una pequeña zorra?"

Sintió que el intenso rubor de vergüenza la cubría mientras expresaba su necesidad:

"Por favor, Amo, necesito correrme, déjame correrme".

Era la primera vez que la hacía preguntar y fue como un obstáculo final que ella había saltado sin esfuerzo.

Levantó la mano dándole movimiento y comenzó a azotar las firmes mejillas redondas de nuevo, su mano rebotando en la superficie roja cuando ella se estrelló contra su muslo y su polla.

La deseaba tanto que dudaba que pudiera esperar la semana para tomarla, pero necesitaba esperar para asegurarse de que se quedaría.

Ella se puso rígida y dejó escapar un chillido largo y jadeante mientras movía la cabeza nadando con dolor y placer.

Su coño palpitaba el semen que tanto había necesitado, que parecía disparar corrientes de placer a través de su cuerpo como disparos mientras continuaba corriéndose por un largo tiempo.

Finalmente cayó flácida sobre su regazo.

Él la levantó y la acunó en sus brazos.

Mientras ella recuperaba su pequeño cuerpo temblando acurrucándose en sus brazos.

Él sonrió.

"Parece que azotar no es un gran castigo para ti, mi pequeña zorra de dolor. Ahora acabas de hacer una pregunta, así que supongo que es mi turno de nuevo".

Ella saltó y jadeó al darse cuenta de que el juego no había terminado y sacudió la cabeza para aclarar sus pensamientos.

Él ahuecó su barbilla e inclinó su cabeza hacia arriba para mirarla a los ojos.

"¿Cuánto dura una semana, Susy?"

La pregunta la sorprendió, se mordió el labio pensando que debía haber una respuesta alternativa a la obvia, pero no podía pensar en una, por lo que susurró:

"Siete días".

Él sonrió mientras observaba el amanecer de la comprensión en su rostro.

"Lo has hecho bien durante la primera mitad de tu semana, mi pequeña esclava". Dijo asegurándose de que ella supiera captar su significado completo.

"Siete días."

Ella repitió en un susurro.

Su mente divagó hacia los planes que había hecho para estar en la casa de sus padres este fin de semana para ayudar con una fiesta de aniversario y comenzó a morderse el labio con preocupación.

La observó cuidadosamente antes de preguntar:

"¿Tu última pregunta, Susy?"

Ella lo miró con ojos preocupados susurrando:

"Pensé ... quiero decir, asumí ... umm ..."

Lo miró a la cara sin leer nada en sus ojos para ayudarla a decirle que había asumido que su semana sería una semana laboral, solo cinco días, así que se animó a preguntar:

"¿Los esclavos tienen fines de semana libres?"

LA HISTORIA CONTINUA EN EL PRÓXIMO VOLUMEN: SUMISIÓN TOTAL

GANG BANG CON UNA VAMPIRA
CINDY LA VAMPIRA 2
ERIKA SANDERS

La música era exactamente como a mí me gustaba: fuerte, rápida, y martilleando mis oídos. El profundo ritmo de los bajos hacía que mi cuerpo se moviera por sí solo. Levanté las manos sobre mi cabeza mientras todo mi cuerpo se retorcía al ritmo de la música.

Los dos tipos con los que estaba bailando también lo estaban disfrutando mucho. Lo podría jurar.

El que estaba delante de mí mantenía el movimiento de su cuerpo pegado al mío. Sus manos estaban sobre mis costados y el bulto tenso y duro que sobresalía de sus pantalones estaba rozándome la parte delantera de mis pantalones de cuero.

El tipo que bailaba detrás de mí era aún menos sutil que el otro. Sus manos estaban pegadas a mis caderas y él estaba presionando, con una erección verdaderamente dura y asombrosa, contra mi culo cubierto por el cuero ceñido a mi piel.

Si me hubiera puesto algo más ligero, su pene probablemente podría haberme rastreado los contornos de cualquier braguita que hubiera llevado, ya que me lo frotaba de arriba y abajo, muy concienzudamente, entre mis nalgas.

Y realmente deseaba poder tener el tiempo suficiente para llevarme a cualquiera de ellos, o a ambos, y dejar que me hicieran lo que quisieran.

Diablos, la luz era tan tenue aquí que probablemente podrían haberme follado sin que nadie lo notara. Podría lidiar con eso, excepto que sabía muy bien que tan pronto como lo intentaran terminaría teniendo que pasar a la acción.

Además, no podía decir dónde estaba James en la multitud y el pobrecito se avergüenza cuando actúo así.

No había tiempo para todos estos juegos, de todos modos, ya que no era por eso por lo que estaba aquí. Este era el quinto club nocturno que yo y mis acompañantes habíamos visitado en la noche.

No estaba aquí buscando sexo, aunque planeaba hacerlo también después acabar mi jornada de trabajo. Estaba aquí cazando.

Hace seis noches, en respuesta a la llamada telefónica de James, había conducido desde el lugar de mi reciente cita con una contable llamada Rachel, en Dallas, hasta Washington, DC.

Aparqué a muy cerca del edificio central del FBI y caminé hacia una pequeña entrada camuflada a un lado del edificio.

Mostré mis credenciales de la CIA y finalmente me dejaron pasar después de varias llamadas telefónicas y una espera de 20 minutos.

La enemistad entre la Agencia y los Federales se remonta a la década de 1940. Cuando estaba en la OSS una vez quedé atrapada en el medio, pero esa es una historia para contarla otro momento.

Me llevaron a una oficina sin ventanas. Por las imágenes, chucherías de la mesa y la placa que decía "Agente especial J. Ford", descubrí que era la oficina de James. Me senté detrás de su escritorio y puse mis pies sobre él.

Él estaba hablando por encima del hombro a un grupo típico de federales, hombres caucásicos cuidadosamente vestidos y de unos 30 años. Vislumbré a una mujer asiática muy linda en el pasillo, pero me despistó el cálido saludo de James.

"Quita tus pies de mi escritorio". Secundo las acciones a sus palabras, atrapó mis tobillos y dejó caer mis piernas al suelo. Él ni siquiera comentó sobre qué lindas estaban mis piernas, maldito sea.

Recogió una carpeta de la mesa colocada en el medio de la oficina y me presentó a sus socios. Pero no parecían muy felices de conocerme. Y no estaba segura de si eso era porque soy una vampira, o porque soy de la CIA.

Algunas personas están muy recelosas sobre trabajar con vampiros. Supongo que no puedes culparlos.

Sin embargo, todos estos tipos parecían muy cómodos con él. Tal vez es porque James lleva ya en el FBI alrededor de 60 años y creo que suficientes agentes han trabajado con él para sentirle como uno de ellos, solo que con una necesidad de alimentación un poco peculiar y distinta a la suya. Pero en la Agencia es diferente porque pasamos por ella mucha más gente y somos más independientes.

James casi nunca desperdicia saliva en palabras hablando de más. Tampoco lo hizo esta noche.

"Señores, esta es Cindy Madison. Ella generalmente trabaja para otra rama del gobierno, pero se ha unido al FBI para ayudarnos a buscar al asesino que ha estado haciendo esto".

Él pasó, entre todos, una serie de fotos. Casi se me revuelven las tripas por lo que vi en las fotos que les habían hecho a algunas de las mujeres asesinadas.

"Así que creo que está claro para todos ustedes", continuó James, "Estamos lidiando con un vampiro enloquecido. Es por eso por lo que yo estoy dirigiendo esta operación. Se necesita a un vampiro para atrapar otro vampiro".

Todos los agrupados alrededor de la mesa asintieron con la cabeza, demostrando que todos estaban familiarizados con James y sin inmutarse por lo que él era.

Uno de los agentes me miró.

"¿Y qué pasa con ella? ¿Ella también es...?" y dejó que su pregunta se quedara en el aire.

"Sí", dijo James rotundamente. "Y ella es completamente de fiar". Dejó que su cara de piedra se relajara por un segundo. "Igual que como podemos confiar en otro compañero".

Él me hizo un guiño. Aprecié el comentario. Sabía que lo había hecho para hacerme parecer "más humana" para ellos.

Durante los siguientes 30 minutos, James resumió el caso. Alguien estaba matando a mujeres jóvenes y atractivas en toda la costa este. Los cuerpos mostraban todos los síntomas clásicos de un ataque de vampiros. El plan era que yo actuara como cebo. Era lo suficientemente parecida a las víctimas como para encajar con su tipo de mujer favorito. Y usar una agente femenina humana había sido descartado por ser demasiado peligroso. Yo, al menos, podría enfrentarme al asesino en terrenos relativamente parejos.

"¿Cindy? ¿Estás dentro?"

No veía que tuviera otra opción. Si no podíamos atrapar a este tipo, pensando que fuera un tipo, una mera suposición en este momento, entonces tendrían que emplearse otros medios. Y esos medios podrían ser ruidosos, desordenados y poner en peligro nuestro mayor secreto y salvaguardia, esto es, que existimos.

El hecho de que la mayoría de nosotros somos ciudadanos normales, que pagan sus impuestos, no impediría que una cacería de brujas nos cazara a todos y nos quemaran en la hoguera.

La sensibilidad de los humanos no incluye a los muertos vivientes.

Además, James me había salvado la vida una vez mientras trabajaba encubierta en los años 60. Y Woodstock, en esa época, me pareció un gran lugar para poder relajarse, terminar mi curación provocada por una espectacular explosión en el sudeste asiático y escuchar buena música.

Y, por cierto, también para echar buenos polvos y probar las diversas posibilidades del 0 positivo disponible.

Todo había ido genial durante la mayor parte del festival. Dado que muchas personas dormían o se desmayaban durante el día, no era nada raro que solo se me viera de noche. Me lo estaba pasando en grande. Sexo, rock and roll y una cantidad de sangre muy variada, pero tomada en cantidades muy pequeñas de cualquier persona.

La noche anterior, una chica a la que solo conocía como Peace, me había invitado a su tienda, donde dormía. Allí conocí a otras tres personas, pero me fui olvidando de todos sus nombres en el proceso de deshacernos de todas nuestras ropas.

Tengo que admitir que, aunque en los 60 era fácil el sexo casual, extrañaba mucho la seducción, ya sea que estuviera siendo seducida o fuera la seductora.

Pero mientras me estaba quitando la ropa, pensé que había muchas ventajas en tener, de pronto, cuatro cuerpos desnudos, a tu disposición, como, por ejemplo, el tener la posibilidad de disfrutar de ambos sexos. Y había otras muchas ventajas que imagino ustedes estarán pensando.

Pero en ese momento en lo que pensaba era que tenía que hacer una elección: ¿Chico o chica primero?

Resultó que tomaron la decisión por mí.

Como ya estaba tendida sobre una manta después de mi improvisado espectáculo para todos del "El Striptease de Cindy", Peace se me sentó encima de la cara, poniéndosela justo entre sus piernas.

Ella comenzó a frotar su coño sobre mi cara. Bien, como sé cuándo quieren que ponga de mi parte, me incliné, un poco, sobre mi costado para obtener un mejor ángulo de su rajita y comencé a acariciar rápidamente su abierto coño con la parte plana de mi lengua. Mientras con mis dos manos sujetaba el tentador culito de mi lasciva y linda amante.

Mientras me comía el sabroso coñito de Peace, sentí como dos cuerpos más se acercaban, uno a cada lado mío.

Quienes fueron de los otros no podía verlo, al tener mi cabeza entre las piernas de Peace, pero en cuanto al género, en seguida se me respondió la pregunta no formulada en cuanto sentí una dura polla chocar contra mi vientre y otra dura verga deslizarse por mi espalda.

Un par de manos se posaron en mis tetas y el otro par me separó las piernas. Estaba a punto de convertirme en el relleno de un sándwich de Cindy. No es que no me gustara, al contrario, pero esperaba que el tipo que estaba a punto de meter su miembro en mi culo lo hubiera lubricado con algo

A juzgar por el hecho que sentía como las pollas de los dos tipos me rozaban durante un rato y luego las quitaban, la quinta persona, que era otra mujer, debía también estar ocupada con ellos. Los gemidos, sorbidas y comentarios como "Chúpalo así, bebé", me acabaron de confirmar que estaba abajo, en algún lugar cerca de mis piernas, mamando a cada uno de los chicos por turno.

Entonces, el tipo que estaba delante, levantó mi pierna derecha en el aire, acercó su polla contra los labios de mi coño y me la metió de un tirón, directa hacia el fondo. Toda la longitud de su pollón de mí, hasta los huevos.

¡Oh demonios!, debía de tenerla bien buena. No califico a mis amantes por la longitud de su pene, pero la suyo era muy buena. En el momento en que me dio una docena de embestidas seguidas, su polla ya estaba profundamente metida en mi cuello uterino y la cabeza de la verga estaba ya tocando mi punto G.

Respondí gruñendo profundamente en el dulce y abierto coño de Peace. Cuando la cabeza hinchada del glande del segundo hombre se abrió paso a través de mi conducto anal, casi la muerdo justo donde la estaba lamiendo.

Mis colmillos se extendieron y pasaron por sus labios vaginales casi sin poder controlarme. Para ello me concentré en el sabor de sus jugos que ya corrían por mi cara.

Finalmente, el número dos finalmente consiguió meter toda su polla dentro de mi culo y me di cuenta de que lo tomó como una señal para ver si su verga podía encontrarse con la del primer tipo en algún lugar dentro de mí.

Así que los chicos decidieron follarme en serio. El primero, el que estaba delante de mí, atacaba mi coño, mientras las caderas del segundo retrocedían. Y, después, cuando la polla del otro me entraba, casi completamente, en mi culo, hasta que su ingle me golpeaba las nalgas, la polla del primero casi, pero no del todo, salía de mi coñito.

Y con cada empuje llevaba mi lengua más adentro dentro del coño empapado de Peace, hasta que pensé que mi cara desaparecería dentro de ella. Es una buena cosa que no necesito respirar.

Y, como yo soy muy salvaje, quería usar todo en todos.

Así que pasé un dedo, junto con mi lengua, dentro de Peace, mojándolo, empapándolo con sus jugos. Después, seguí el contorno de sus labios vaginales con mi dedo mojado hasta que encontré el agujero apretado que estaba buscando.

Ella no debe de haber estado tan acostumbrada a follar como yo (no es ninguna sorpresa, después de todo, he estado jugando con pollas y consoladores durante siglos) porque su culo intentó mantener mi dedo fuera.

Pero no logró eso y mi mano chocó contra sus glúteos cuando el dedo atravesó su resistencia. Ella respondió a la penetración anal con mi dedo, acercándose mucho más a mi rostro, metiéndomelo aún más profundamente en su coño. No pensé que eso fuera posible. Pero lo fue. Juro que mi lengua debía haber estado llegando a su hígado en ese momento.

La pregunta de que estaba haciendo la cuarta persona, la otra chica, en ese momento, se me respondió cuando ella me tomó la mano libre que tenía posada en el culo de Peace y la puso en su coño.

Tuve que hacer muy poco mientras ella acomodaba mi mano para que mi pulgar estuviera sobre su clítoris y ella metió tres de mis dedos dentro de ella.

Eso estuvo bien, porque ahora estaba ocupada, centrados mis pensamientos en mi mano y mi boca follando a Peace, como para saber cómo lo tenía que hacer con la otra chica, por lo que podría no haber tenido una adecuada colocación de mis dedos, y mucho menos al ponerlos en otra persona.

Los chicos habían perdido su ritmo, pero luego lo recuperaron. Sin embargo, en lugar de entrar uno y salir el otro, ahora se estaban encontrado como si el objetivo fuera aplastarme entre ellos.

Estaba segura de que las dos cabezas de sus miembros se tenían que tocar cuando los dos atacaban, dentro de mí, al mismo tiempo. Pero estaba tan completamente extasiada de placer y lujuria que no me importaba si continuaban así toda la noche.

No pudieron, por supuesto.

Primero un pollón se vació en mí, luego el otro. Debía haber estado inundada de leche porque cuando finalmente ambos se apartaron de mí, sentí que me corría por todos lados.

Peace me seguía ahogando, ahora convulsionado, casi al mismo tiempo, y la otra chica cerró sus músculos vaginales con tanta fuerza sobre mis dedos que pensé que se los llevaría con ella como recuerdo.

En medio de toda esta corrida general, no estoy segura de que alguien siquiera notara que mi orgasmo fue también bastante espectacular en sí mismo.

Una vez que todos ellos se hubieron calmado, en realidad casi se desmayaron, probé a cada uno de mis nuevos amigos por turno. Realmente no tenía mucha hambre, así que fue más bien como tomar un bocadillo y un refresco después del sexo para recuperar las fuerzas.

Tomé solo pequeñas cantidades de sangre de cada uno, teniendo cuidado de no usar el mismo lugar en cada uno para alimentarme.

Una vez que entiendes de anatomía, hay varios lugares más allá del cuello para poder extraer sangre fácilmente. Eso hace que sea mucho menos probable que todos se despierten más tarde y digan "Oye, todos hemos sido mordidos por un vampiro". Aunque no es que estuviera muy segura de que a ellos les importaría eso o no.

Fue poco tiempo después cuando comencé a sentirme realmente extraña. Mi cabeza daba vueltas y comencé a escuchar voces. Un hermoso amanecer parecía estar a la vista, junto con el remolino de colores y sonidos que estaba experimentando.

Me tambaleé fuera de la tienda y me alejé para contarle a alguien sobre las maravillas que notaba en los dedos de manos y pies. Entonces realmente todo se volvió aún más extraño y debí haberme caído desmayada.

Me desperté con un increíble dolor de cabeza y la visión de James mirándome no ayudó tampoco. Me reí al ver a mi viejo amigo, normalmente pulcramente arreglado, ahora con barba y sandalias. Y la risa me dolió.

"Estúpida tonta". Nadie más que James podría decirme esto y hacer que sonara tanto igual como un término cariñoso como un reproche punzante al mismo tiempo. "¿Qué creías que estabas haciendo?"

"¿Qué quieres decir?" Yo conseguí balbucir.

Con una mirada de disgusto, me dio un vaso de agua con hielo y cuatro aspirinas.

"Te encontré paseando por el campo junto al quiosco de música, cantando y anunciando a todos 'Puedo volar VOLARRRRRR'. Y el sol ya estaba en el horizonte y estabas tan drogada que me dijiste que debería verlo contigo porque sería ' espectacular, hombre '".

Hice una mueca. Él no se detuvo.

"Deberías pensarlo mejor antes de alimentarte de borrachos, o de personas que consuman una gran variedad de sustancias ilegales".

Sí, yo debería hacerlo. Resultó que el cuarteto con el que tuve ese momento tan espléndido también había estado tomando LSD. Había visto suficientes nubes púrpuras y había escuchado suficiente música rara para un buen y muy largo rato.

Volví a dirigir mi atención al presente. Todos me miraban. James tenía una tranquila mirada expectativa en sus ojos.

"Ok, estoy dentro" Repliqué.

Y así es como llegué a estar en este club, usando pantalones de cuero decorados con espray y un chaleco que no estaba haciendo un gran trabajo para sostener mis modestas, pero turgentes, par de tetas.

Podía sentir a James por ahí en algún lugar entre la multitud y me tranquilicé, como siempre, por su presencia.

Sabía que probablemente se estaría sonrojando cada vez que me miraba. Los dos muchachos me tenían atrapada ahora, atrapada entre ellos y los tres yendo y viniendo como uno solo.

Sus dos pollas rígidas ya estaban prácticamente dentro de mí. No me importa que haya una multitud mirando, especialmente si soy el centro de atención, pero esto podría ser demasiado, al menos en esta situación.

Me preguntaba si podría obtener sus números de teléfono y arreglar un *ménage à trois* en otro momento.

Entonces lo olí. El leve olor a sangre. Sangre fresca. Un humano nunca podría haberlo extraído de la miríada de otros olores, incluso si hubiera sido cien veces más fuerte, pero yo podía hacerlo.

Levanté la cabeza y respiré profundamente, tratando de determinar la dirección de dónde venía el olor. Venía de allí, a mi izquierda. Agité mi cabeza, pensé. ¿Qué había en esa dirección?

La respuesta me llegó y ya me estaba moviendo hacia allá. Ambos muchachos cayeron al suelo al quitarse su soporte. Ni siquiera tuve tiempo para disculparme con ellos mientras me abría paso a través de la agitada multitud. Tomé el pequeño micrófono escondido debajo de mi chaleco.

"James", casi grité, tratando de atravesar el ruido del club para hacerme oír. "La puerta de atrás. El callejón".

Cuando me vestí para hacer mi rol de cazadora de un vampiro asesino (lo irónico que era, después de todo, era una de mis aficiones favoritas), habíamos tenido un gran debate sobre el micrófono.

Acepté usarlo, pero me negué a llevar un auricular. No importa cuán bueno sea su ocultamiento, estaría tan cerca de las personas que estaba investigando que se habría destacado, por lo menos el cable, como, por ejemplo, un vampiro en una iglesia.

Por lo que entonces no tenía ni idea si James me había escuchado. Solo podía orar y desear que así fuera.

Logré atravesar a la multitud. Había algunas personas grandes y fuertes allí, pero nadie que pudiera igualar mi gran fuerza, mayor que la humana, junto con mi determinación.

Llegué a la puerta trasera y vi que los cables que deberían haber disparado la alarma habían sido arrancados.

El olor a sangre era increíblemente fuerte ahora. Eché una mirada detrás de mí. Nadie venía, de momento, por detrás mío. Abrí la puerta y salí afuera corriendo.

Miré hacia ambos lados y luego lo vi. Estaba completamente segura de que era él.

Tenía a una chica de pelo oscuro, que yo había visto anteriormente, inmovilizada contra la pared, con la cara en su garganta. Ella todavía estaba viva, y sus manos le golpeaban débilmente a él, pero podía decir que no sería por mucho tiempo. Después de todo, a él eso no le importaba. Él no estaba tratando de juzgar cuánta sangre debía tomar por una cuestión de precaución. Él estaba allí para matar.

Salté sobre él. Estaba tan cautivado con su presa que no se dio cuenta que yo estaba allí hasta que lo aparté de ella y lo empujé por el callejón hacia la calle.

Él atacó está vez hacia mí.

"Perra", gruñó mientras con su brazo casi me aplastaba el hombro cuando me lo golpeó.

Negué con la cabeza. Maldición, eso dolió mucho, pensé mientras me arrojaba sobre él.

La bajé la cabeza y traté de envolverlo en mis brazos. Con un poco de suerte podría mantenerlo abrazado por unos pocos momentos que esperaba que fuera todo lo que se necesitaría hasta que llegara la caballería.

Pero no pude.

Decir que era inhumanamente fuerte parece que podría aclarar el punto, pero su fuerza era tan superior a la mía como la mía estaba por encima de un humano normal.

Con un simple movimiento, me golpeó contra la pared con tanta fuerza que vi las estrellas. Él venía hacia mí y lo que pensé es que ya no iba a ver el final de mi quinto siglo.

Pero luego se dio la vuelta y huyó por el callejón cuando vio que James con dos de sus agentes humanos del FBI aparecían, a toda velocidad, por la puerta del club.

Nuestro desconocido desapareció en una lluvia de disparos. Si alguna de las balas especiales que los tres agentes estaban disparando había llegado a su objetivo, no podría decirlo. Ya que yo tenía mis propios problemas ahora.

En su empujón, había ido a caer contra la mujer de la que se había estado alimentando. Mi cara estaba contra su cuello, justo donde la sangre todavía goteaba y el aroma me estaba dominando. Mi cabeza me daba vueltas por el golpe contra la pared de ladrillo, así que inconscientemente extendí mis colmillos y dejé caer mi cabeza hacia ella.

"¡NO! Cindy, detente. No puede soportar más pérdida de sangre". James tiró de mí en un movimiento un poco brusco.

Él me abrazó y me abrazó hasta que pude recuperar el control de mí misma. Estaba temblando y rehusándome a llorar. Odio perder el control así.

En poco tiempo, llegó una ambulancia allí para llevar a la víctima al hospital. El área fue acordonada y comenzó una cuidadosa búsqueda.

La mayoría de los agentes involucrados habían trabajado con James antes y sabían ser muy cuidadosos incluso cuando se preguntaban cómo el agresor me había maltratado. Era obvio que sabían que yo era una mujer, pero también sabían lo fuerte que era una vampira, y que físicamente no había podido competir con él.

"No podrán encontrar nada que lo identifique. Joder.", maldije. "Lo siento, lo tuve en mis manos, pero no pude retenerlo".

"No te preocupes, amiga. Me alegro de que hayas llegado a tiempo a salvarla y de que vaya a estar bien", me aseguró James. Él estudió su cuaderno. "Y la descripción que nos has dado es muy vaga, Cindy. Varón caucásico, edad aparente de alrededor de 30, unos 1,80 de alto, cabello oscuro y piel clara. ¿Algo más? ¿Qué hay de sus ojos?"

"Grises", respondí. "Eran como si miraras a través de una capa de hielo, y se veían muy fríos". Miré a mi amigo, compañero y, a veces, amante. "James, me asustó muchísimo. Y no me gusta eso. Prométeme que vamos a encontrar a este hijo de puta y lo atraparemos".

FIN

SUMISA
ERIKA SANDERS

Te deseo.

Todo de ti.

De la cabeza a los pies y todo lo demás.

Tu cuerpo, tu mente, tu alma.

Las imperfecciones que odias que yo no.

Amo cada parte de ti, tal como eres.

Especialmente ese culo.

Quiero estar contigo.

Todo el tiempo.

No importa dónde esté.

Mi mente divaga, provocada por un pensamiento o una imagen.

Una canción.

Tus iniciales en una matrícula.

Una simple palabra hablada de pasada que tiene un significado especial para ambos.

Un extraño que lleva el pelo como tú.

Vestido como tú.

Quiero oír tu voz.

Cuando me llamas con tus nombres de mascotas.

Dime que me amas, me extrañas.

Describe cómo fue tu día.

Pregúntame sobre el mío y dame tu opinión.

Comparte lo que estamos haciendo o planeamos.

Incluso lo mundano.

Sedúceme a altas horas de la noche mientras estoy tumbada desnuda en la cama en la oscuridad y tú estás a kilómetros de distancia.

Sé duro conmigo cuando me pongo malcriada y hago pucheros por colgarme el teléfono para dormir o para prepararte para el trabajo.

Quiero ver tu interior abierto por escrito.

Saboreo cada nuevo mensaje y foto.

Reviso las conversaciones pasadas.

Recuerdo que cuando no estamos físicamente juntos, todavía piensas en mí.

Que puede estar ahí con un toque de tus dedos.

Tus palabras son fuertes a pesar de que no hay sonido; me tocan en el fondo, como si me las hubieras dicho directamente al oído.

Quiero comentar mis novelas contigo.

Sugiéreme ideas mientras hacemos una lluvia de ideas sobre la trama y los nombres de los personajes.

Elimina las áreas problemáticas.

Marearte con los comentarios y opiniones de los fans.

Apaciguar mi ira y confusión cuando los lectores sin rostro y sin corazón critican mis historias sin una buena razón.

Y continúo escribiendo otro día con tu ánimo.

Quiero ser domesticada por ti.

Para cocinar y hacer los quehaceres de la casa.

Hacer recados.

Ir a bailar, ver una película y hacer viajes.

Solo acurrúcate y toma una siesta en el sofá en un fin de semana lluvioso.

Llamarme deseoso para hacer el amor bajo montones de mantas en la cama todo el día.

Dormirnos en los brazos del otro por la noche y luego despertarnos uno al lado del otro por la mañana.

Ducharnos juntos.

Tener sexo de reconciliación cuando peleemos.

Quiero ser besada por ti.

Repetidamente.

Tanto con ternura como con brusquedad.

Sabes cómo burlarte de mí.

Satisfacerme.

Despertarme con tus labios, dientes y lengua.

Para hacerme llorar y gemir.

Suplicar.

Mi cuerpo tiembla.

Quiero hacer cosas pervertidas contigo.

Asistir a comidas y eventos.

Hacer amigos en tu estilo de vida.

Participar en juegos sexuales en fiestas.

Descubrir más deseos secretos.

Liberar nuestras inhibiciones.

Explorar nuestros lados más oscuros.

Llevarnos el uno al otro a lo más alto de los máximos y luego consolarnos el uno al otro cuando caemos en el más bajo de los mínimos.

Quiero ser dominada por ti.

Gruñó porque soy tuya.

Haces que mi pulso se acelere y que la respiración se detenga al oír tus órdenes.

Silencioso o brusco, ambas situaciones me hacen sonrojar.

Tengo muchas ganas de que me sujetes contra la pared con tu polla entre mis piernas, presionado contra mi coño.

Que me ordenes follarte ... que venirme solo cuando tú lo digas.

No tengo más remedio que ceder cuando torturas mis oídos, cuello y pechos con tu boca.

O cuando siento tus manos sobre mi cuerpo mientras reclamas lo tuyo.

Mi pecho se hincha de orgullo cuando dices que soy una "buena chica" por hacer lo que quieres.

Quiero estar atado por ti.

Físicamente.

Mentalmente.

Con tus manos, esposas o cuerdas.

Mis muñecas sostenidas en tu agarre por encima de mi cabeza o aseguradas a la cabecera de la cama.

Piernas restringidas, juntas o separadas.

Mis movimientos y reflejos controlados.

Cualquier posibilidad de tocarte eliminada.

Una venda sobre mis ojos para no ver lo que me vas a hacer.

Quiero ser jodida por ti.

Desnuda y abrumada bajo tu cuerpo mientras me arrasas.

Quedarme libre de restricciones sin un toque de ninguno de los dos, usando solo tus palabras para hacerme retorcerme y gemir mientras arruinas mi mente deliciosamente.

O los toques simples y ligeros que has descubierto que me sacan múltiples orgasmos sin importar dónde acaricies mi cuerpo.

Quiero que me utilices.

Ser arrastrada de un sitio a otro a tu antojo.

Abrumada cuando lucho.

Mi trasero desnudo golpeado mientras me sujetabas.

Mis juguetes usados en mí ... por ti.

Tu mano aferrada a mi cabello en la parte de atrás de mi cuello.

Presionando ligeramente sobre mi garganta mientras me miras a los ojos.

Para recordarme quién está a cargo.

Quiero obedecer tus reglas.

Cuando estás fuera de mi alcance, me dan algo en lo que concentrarme.

Están definidas teniendo en cuenta mi mejor interés.

Sé que serás disciplinado en consecuencia si las rompo.

Que confíes en mí para ser honesta contigo cuando te he desobedecido.

Quiero que me consueles.

Acurrucada contra ti cuando estoy a abrumada o tengo un mal día.

Mi cabello acariciado y besado con mi cabeza acurrucada debajo de tu barbilla contra tu pecho.

Calmada por tus palabras y tus brazos a mi alrededor.

Mecida hasta que cese cualquier lágrima.

Quiero cuidarte.

Para abrazarte cuando estás triste, cansado o enfermo.

Seré tu fuerza, alguien en quien apoyarte, porque incluso un Dominante puede tener momentos débiles.

Como tu sumisa, estoy aquí para ti en cualquier situación que me necesites.

Para complacerte o aliviar tu dolor.

Quiero todas estas cosas y más.

Porque soy sumisa de esa manera.

Como tu dominante ...

FIN

DESEO SEXUAL
ERIKA SANDERS

Mi amor, quiero que te sientes frente a tu computadora y muestres una imagen, una pieza visual, como un coño.

No la cara y el cuerpo, solo las rodillas dobladas y las piernas abiertas.

Con unos largos y hermosos dedos elegantes que separen los labios vaginales ligeramente.

Imagina que entro y me siento sentado en este escritorio completamente vestido.

Pero como tu silla tiene brazos, coloco mis pies vestidos con zapatos de cuero negro de tacón alto, envoltura hasta el tobillo y puntas puntiagudas a cada lado de ti.

Te echás hacia atrás y sonríes y yo me recuesto sonriendo también.

Levanto mi delgado vestido negro y sedoso y ves que me faltan las bragas y el brillo de mi humedad en mi rajita ya se nota.

Verás la punta de un corsé negro al que también están unidas las medias.

Levanto mi vestido con ambas manos hacia arriba, lo paso sobre mi cabeza y te descubro el corsé de cuero de solo unos pocos centímetros de ancho.

Mis pezones están erguidos y altos mientras sobresalen por la parte superior.

Te inclinas, pero estoy yo aquí para jugar contigo y uso mis zapatos puntiagudos para mantenerte dónde estás.

Veo una polla notablemente creciente que necesita salir de sus pantalones y te pido que los desabroches.

Paso mi lengua por mis labios en toda su longitud, sonriendo, mientras deslizas hacia abajo los pantalones.

La cabeza de tu polla sobresale de tus boxers y también ésta tiene un poco de demandante brillo.

Está así por una buena razón.

Esta vista de tu polla erecta me enciende de repente y te pido que me lamas.

Te inclinas hacia adelante y lo haces, separando mis labios ligeramente para buscar mi clítoris.

Lo tomas en tu boca, por lo que sobresale un poco más.

Solo necesitaba ese toque de tu lengua para ponerme a cien.

Mientras me acomodo, te pido que tomes tu polla con tu otra mano y te la acaricies ligeramente.

Lo haces, pero puedo decirte que necesitas más, esto no es suficiente.

Te obligo a ponerme de rodillas para tomarte de lleno en mi boca, alternando en lamer de la base a la parte superior, de arriba a abajo y volviendo a las bolas, lamiendo el interior del lugar donde se encuentra la entrepierna.

Te gusta lo que ves cuando estoy arrodillada, mi culo está tan delgado como unos pocos centímetros de ancho y mi ano se muestra ajustado y acogedor.

Vuelvo a levantarme porque me estoy acercando demasiado al clímax.

Te pongo de pie y los pantalones bajan más allá de las rodillas.

Sigues con los zapatos puestos, la corbata aún atada pero la camisa desabrochada hasta abajo.

Me encanta necesitar ver tanto como pueda de tu piel.

Ahora que estás de pie te pido que me des la espaldas.

Que abras las piernas lo suficiente como para arrodillarme detrás de ti.

Mi lengua te lame tus piernas, lamiendo tus bolas y hasta la rajita de tu culo, lamiendo y girando lengua alrededor de tu ano.

Saco de mi bolsa un vibrador y le pregunto si puedo usarlo en contigo, pero antes de que contestes, te lo pongo contra la piel.

Con mi boca he ido dejando saliva en todo tu culo para que tengas lubricado todo.

Lo pongo a baja velocidad y lo paso por tus bolas y entre las bolas y tu agujero del culo.

Mi otra mano pasa por entre tus piernas y agarra tu polla, acariciándola y avivándola.

El vibrador se siente bien en tu culo.

Lo pongo al lado de tu ano y deslizo una de las dos puntas, la delgada, que es mi favorita también.

Ésta se desliza hacia adentro y pongo la otra punta más hacia el centro, detrás de tus bolas, nuevamente, viendo cómo la sensación te lleva a otro nivel.

Tus manos están agarrando el escritorio y tus ojos están cerrados cediendo a lo que yo quiera hacer.

Pero me quedo así, acariciando un poco mientras dejo que el zumbido te haga preguntarte qué pasará después.

Me detengo abruptamente y te digo que te des la vuelta.

Lo haces y tu cara está sonrojada.

Estabas disfrutando mucho esto y acercándote al estado que quieres.

Pero prefiero bajar el ritmo para llevarte de vuelta a mi boca.

Estoy tan caliente como el Infierno y estoy perdiendo un poco de control.

Así que te hago sentar de nuevo y me arrodillo frente a ti y te pido que te acaricies, pero despacio.

"Acaríciate mi amor".

Mientras me arrodillado frente a ti y me recuesto sobre mis talones.

Enciendo el vibrador y lo froto en el exterior de mi vagina, sobre el clítoris.

Esto me lleva menos de un segundo para alcanzar el orgasmo.

Tengo las piernas y las rodillas abiertas y echo la cabeza hacia atrás, extendiendo mi coño con las manos queriendo que veas los músculos de mi orgasmo moviéndose.

Sostengo el vibrador hasta que termino y mis propios jugos se derramen.

Te miro y te estás masturbando, aumentando el ritmo.

Tu ritmo se ha acelerado y es tan excitante que me arrodillo, rogándote que te corras por mi cara y mi pecho.

Y sí, ciertamente, así lo haces.

Veo como salen los chorros de tu leche hacia mí.

Pero, acabas lanzando los chorros a la pantalla de la computadora y sobre el teclado.

Nos despedimos hasta otro momento y apagas la webcam.

FIN

www.ingramcontent.com/pod-product-compliance
Lightning Source LLC
LaVergne TN
LVHW090129160826
845673LV00015B/1123

* 9 7 9 8 2 3 0 5 5 6 7 5 6 *